KÄNNER DU
PIPPI LÅNGSTRUMP?

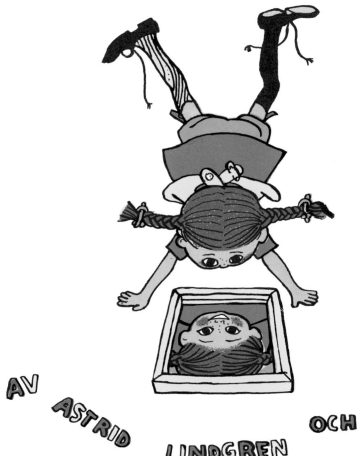

BILDERBOK AV ASTRID LINDGREN OCH INGRID NYMAN

RABÉN & SJÖGREN

KF

Rabén & Sjögren   Stockholm

© Astrid Lindgren och Ingrid Vang Nyman
Sjunde upplagan
Sjätte tryckningen
Tvåhundratjugoåttonde tusendet
Tryckt hos Aarhuus Stiftsbogtrykkerie, Danmark 1983
ISBN 91 29 45219 8

Det här är Tommy och Annika. Det är två små rara och snälla barn. Här spelar de krocket i sin trädgård. Det är rätt roligt.

— Men i alla fall skulle jag så gärna vilja ha en lekkamrat, säger Annika.

— Det skulle jag också, säger Tommy.

Bredvid Tommys och Annikas trädgård är det en annan trädgård, och där ligger en villa, som heter Villa Villekulla. Ingen bor där, huset står alldeles tomt.

— Så fånigt att ingen kan flytta in i det där huset, säger Tommy.

Ja, säger Annika. Någon borde bo där. Någon som hade barn.

Men en vacker dag, när Tommy och Annika kikar över planket in till Villa Villekulla, får de se någonting mycket märkvärdigt. En liten, liten flicka, som kommer och bär en stor levande häst. Tommy och Annika tror inte att det är sanning, för inte kan en liten flicka lyfta en hel häst. Jo, den här flickan kan det. Pippi Långstrump heter hon, och hon är så rysligt stark, så i hela världen finns det ingen polis, som är så stark som hon. Hon är rik också. Hon har en hel kappsäck full med gull-pengar. Och nu har hon flyttat in i Villa Villekulla.

Hon ska bo där alldeles ensam. Bara hennes häst och hennes lilla apa, som heter Herr Nilsson, ska bo där också. Pippi har ingen mamma och ingen pappa, och det tycker hon är rätt skönt, för på det viset finns det ingen, som kan säga åt henne, att hon ska gå och lägga sig just när hon har som allra roligast. Hon gör alltid precis som hon vill.

— Kan inte ni äta frukost hos mej, säger Pippi till Tommy och Annika.

— Jo tack, säger Tommy och Annika.

— Vem ska laga maten, frågar Annika.

— Det gör jag själv, säger Pippi.

Ja, Pippi gör allting själv. Här bakar hon pannkakor. När pannkakan är färdig, kastar hon den högt upp i luften och bort till Tommy och Annika, som sitter på vedlåren och äter så mycket de orkar.

— Det var dom godaste pannkakor jag nånsin har ätit, säger Tommy.

Pippi har ett trasigt ägg i håret. Det råkade komma dit, när hon skulle vispa till pannkakssmeten. Men Pippi är lika glad för det.

— Jag har alltid hört att äggula ska vara bra för håret, säger hon. Ni ska få se att det kommer att växa så det knakar.

Pippi bakar pepparkakor också. Hon kavlar ut degen på köksgolvet.

— För inte räcker en bakskiva, när man ska baka minst femhundra pepparkakor, säger Pippi.

Herr Nilsson, den lilla apan, hjälper henne. Men hästen får inte hjälpa till. Han bor på verandan (det är därför han inte syns på bilden).

— Varför i all världen har du hästen på verandan, frågar Tommy. Alla hästar han känner bor i ett stall.

— Tja, säger Pippi. I köket skulle han bara gå i vägen. Och han trivs inte i salongen!

Om en stund går Tommy och Annika hem. Men de är så glada att de har fått en lekkamrat.

Pippi kan fläta håret och knäppa liv-stycket på samma gång. Det är inte många som kan det.

Här äter hon. Hon ligger själv på bor-det och har maten på en stol. Det finns ingen, som kan säga åt henne att sitta ordentligt, nej minsann!

När hon tvättar sig, doppar hon ner hela huvet i tvättfatet. Hon tycker så mycket om att få vatten i örona.

Ibland skurar hon köksgolvet. Då häller hon ut en hel hink med vatten på golvet och spänner fast två borstar på fötterna. Sen åker hon skridskor på borstarna.

När hon hugger ved, hugger hon aldrig mindre än fem vedträn i taget.

Usch, vad spisen ryker in! Pippi måste opp på taket och sota skorstenen.

Hon gör ALLTING själv.

— Jag är en sakletare, säger Pippi en dag till Tommy och Annika.

— En sakletare, vad är det för nånting, säger Tommy.

— En som letar reda på saker vetja, säger Pippi. Hela världen är full med saker, och det behövs verkligen att någon letar reda på dom. Och det är just det som sakletare gör.

Tommy och Annika bestämmer sig också för att bli sakletare. Och så går de alla tre ut och letar.

Pippi hittar en rostig plåtburk.

— Burkar kan man aldrig få för många av, säger hon belåtet.

— Vad kan man ha den till, undrar Tommy.

— Man kan köra in huvet i den och leka att det är mitt i natten, säger Pippi.

Och det gör hon. Så vandrar hon fram med burken över huvet ända tills hon snavar över ett ståltrådsstaket. Oj, en sån skräll det blir! Men Pippi hittar nånting mera. En tom trådrulle.

— En sån liten söt, söt trådrulle att blåsa såpbubblor med eller att hänga i ett snöre runt halsen och ha till halsband, säger hon förtjust.

Tommy och Annika har inte hittat något.

— Varför tar ni inte och känner efter nere i dom där stubbarna, säger Pippi. Gamla trädstubbar brukar vara bland de allra bästa ställena för en sakletare.

Och kan man tänka sig! Tommy hittar en fin, fin anteckningsbok med en liten silverpenna till. Och Annika hittar ett rött korallhalsband.

Så går sakletarna hem, Pippi med sin burk och sin trådrulle, Tommy med sin anteckningsbok och Annika med sitt halsband.

Det har kommit cirkus till stan. Pippi
köper biljetter åt sig och åt Tommy
och Annika för en av sina många
gullpengar. Pippi har aldrig varit
på cirkus förr. Hon vet inte hur
man bär sig åt.

Hon vill gärna uppträda hon också. Här går hon på lina. För Pippi kan ALLTING. Cirkusdirektören blir så ond. Och den flickan, som egentligen skulle gått på linan, blir också ond. Men människorna i cirkusen skriker "Heja, Pippi!"

En vacker liten cirkusflicka kommer inridande på en häst. Tänk, hon kan stå på hästen! Men det kan minsann Pippi också. Hon tar ett skutt opp på hästryggen och ställer sig bakom cirkusflickan. Cirkusflickan försöker knuffa ner henne. Hon vet ju inte hur stark Pippi är. Pippi står kvar på hästen.

— Det är väl inte bara du som ska ha roligt, säger Pippi till cirkusflickan. Jag har väl också betalt.

— Heja, Pippi, skriker Tommy och Annika och alla människorna i cirkusen om igen.

Ännu fler konster kan Pippi. Världens starkaste karl uppträder på cirkusen. Starke Adolf heter han. Cirkusdirektören lovar att den som kan lägga omkull Starke Adolf ska få hundra kronor.

— Det kan jag, säger Pippi till Tommy och Annika.

— Nämen, det kan du väl ändå inte,
[sä]ger Annika. Det är ju världens star-
[ka]ste karl.

— Jamen, jag är världens starkaste
[fli]cka, säger Pippi.

[O]ch så går hon direkt fram till Starke
[Ad]olf och tar ett livtag på honom. Han
[bli]r så häpen så att ögona nästan ramlar
[ur] huvet på honom, när han får se att en
[sån] liten flicka vill slåss med honom.
[M]en — hejsan — Pippi kastar honom
[up]p i luften och sen lägger hon ner
[ho]nom på golvet.

— Pippi är segrare, Pippi är segrare,
[sk]riker alla människorna i cirkusen.

När Pippi sover, har hon alltid fötterna på huvudkudden och huvet nere under täcket. Hon tycker bäst om att sova så, och det finns ingen som kan säga åt henne att låta bli. Herr Nilsson sover i en grön docksäng, men han har inte fötterna på huvudkudden.

En mörk natt kommer det två otäcka tjuvar in till Pippi. Blom och Dunderkarlsson heter de. De vill ta Pippis kappsäck med alla gullpengarna i. De har ingen aning om att Pippi är så stark.

— Haha, den kappsäcken ska vi snart plocka åt oss, säger de. Och så tar de den.

Men då skuttar Pippi opp ur sängen. Och vips, har hon tagit tillbaka kappsäcken.

— Inget skämt, säger Dunderkarlsson. Hit med kappsäcken! Och så tar han Pippi hårt i armen.

— Skämta mej hit och skämta mej dit, säger Pippi. Och så kastar hon opp Dunderkarlsson på ett skåp. Och sen kastar hon opp Blom på skåpet också.

Då blir de bägge tjuvarna så rädda och börjar gråta. Pippi tycker synd om dem och ger dem var sin gullpeng att köpa mat för. För Pippi är snäll. Den som är väldigt stark måste också vara väldigt snäll.

Snart är det Pippis födelsedag. Och då vill hon förstås ha ett födelse-
dagskalas. Hon skriver ett brev till Tommy och Annika och bjuder dem
på kalaset. Hon kan inte skriva så värst bra, för hon går inte i skolan som
andra barn. Men hon gör så gott hon kan. Sen smyger hon iväg och
stoppar ner brevet i Tommys och Annikas brevlåda.

O, vad Tommy och Annika blir glada, när de hittar det. De vill så gärna gå till Pippi. De tar på sig fina kläder och kammar sig i håret. Men innan dess köper de förstås en present till Pippi. De köper en fin speldosa. Det är den som är i paketet. Och de håller i paketet båda två, när de går till Villa Villekulla.

När Pippi öppnar sitt paket, blir hon så glad så hon hoppar. Och hon spelar länge på speldosan. Det är en så vacker melodi i den.

Pippi har dukat så trevligt i köket. Hon bjuder på choklad och visp-
grädde och mycket kakor och tårtor. Hon har själv bakat alltihop. Herr
Nilsson sitter på bordet. Pippis häst är också bjuden på kalaset.

— Jag har aldrig förr varit på något födelsedagskalas, där det har
varit hästar med, säger Annika och ger hästen en sockerbit.

— Inte jag heller, säger Tommy. Det här är det roligaste kalas, som jag har varit på.

När Pippi druckit ur sin choklad, välver hon koppen över huvet som en mössa. Men den är inte riktigt tom. Det rinner lite choklad ner över ansiktet på henne.

Efteråt leker de en lek, som heter Inte Stöta Golvet. Den går till så att de klättrar runt köket utan att en enda gång kliva på golvet. De skuttar från diskbänken till spisen och från spisen till vedlåren och sen klättrar de över hatthyllan till bordet och sen opp på hörnskåpet och från hörnskåpet till hästen och från hästen till diskbänken igen. En sån tur att hästen står där, så att de har honom att kliva på.

Pippi har en byrå med många små små lådor i. Och så mycket fina saker, som det finns i den byrån, det finns det inte ens i en leksaksaffär. Där finns små dockserviser och trumpeter, fågelägg och märkvärdiga snäckor, pärlemorknivar och halsband, ja, det går inte att räkna upp allt. Pippi vill gärna ge Tommy och Annika en present, fast det inte är deras födelsedag. Tommy får en liten flöjt av elfenben, som han kan blåsa melodier på. Annika får en brosch, som ser ut som en fjäril.

— Det är det roligaste kalas jag har varit på, säger Tommy.

— Ja, det är bara synd att man måste gå hem nån gång, säger Annika.
De vinkar åt Pippi, och Pippi och Herr Nilsson vinkar tillbaka.

Tommy och Annika tycker så mycket om Pippi. Varenda dag vill de
gå och leka med henne.